年代诗丛
第三辑
韩东 主编

壁虎

李万峰 著

江苏凤凰文艺出版社
JIANGSU PHOENIX LITERATURE AND ART PUBLISHING

图书在版编目（CIP）数据

壁虎 / 李万峰著. — 南京：江苏凤凰文艺出版社，2025.1（2025.4重印）

（年代诗丛 / 韩东主编. 第三辑）

ISBN 978-7-5594-8099-6

Ⅰ.①壁… Ⅱ.①李… Ⅲ.①诗集－中国－当代 Ⅳ.①I227

中国国家版本馆CIP数据核字（2023）第216697号

壁虎

韩东 主编　李万峰 著

出 版 人	张在健
策划编辑	于奎潮
责任编辑	孙楚楚
封面题字	毛　焰
装帧设计	周伟伟
责任印制	杨　丹
出版发行	江苏凤凰文艺出版社
	南京市中央路165号，邮编：210009
网　　址	http://www.jswenyi.com
印　　刷	苏州市越洋印刷有限公司
开　　本	787毫米×1092毫米　1/32
印　　张	5.875
字　　数	100千字
版　　次	2025年1月第1版
印　　次	2025年4月第2次印刷
书　　号	ISBN 978-7-5594-8099-6
定　　价	47.00元

江苏凤凰文艺版图书凡印制、装订错误，可向出版社调换，联系电话 025-83280257

目录

2004
- 注视   003

2005
- 早上的光   007
- 别离这件事消失于夜晚   008

2006
- 关于爱或死的邀请   011
- 你所在之地   012

2007
- 早晨   015
- 晚安   016
- 棉桃   017
- 印记   018

2008
- 合欢树   021

2009

现场	027
宝贝	029
苹果	030
致——	031
她问：我们是谁？	033
纪念品	034

2010

胎记	037
赴约	038
狮子	039
潮湿的火	040
想念	041
湘潭书	042
秋天在她身上打了个旋儿	043
在傍晚醒来	044
巫女	045
亲爱	046
路边	047
阁楼	048
吃菠萝的女孩	049

2011

疏忽	053

阴影旁边的知觉	055
风湿病	057
热可可布丁	058
戒指	059
现在你的身体热雾弥漫	060
信心	061
温柔	062
此刻	064
夜晚	065
Amy	066
广州	068
下午	070

2012

散步	073
身体	074
期限	075
切换	076
和解	077
红痣	078
固执	079
香锅排骨	080

2013

第八天	085

12月25日夜	086
昨晚	087
阳光	088
橘子树下的橘子	089
壁虎	090
云	091

2014

板栗树和猫咪	095
她睡着了以后	096
下楼	097
在理县	098
开花	099
在阿克苏我们有十五只羊	100
飘窗	101
毛衣	102
糖	103
脚趾	104
晚归	105
一池水	106
划拳	107

2015

精魅	111
满山洁白的心脏	112

秋夜 　　　　　　　　　　　113
当时 　　　　　　　　　　　114

2016
对质 　　　　　　　　　　　117
茶苞 　　　　　　　　　　　118

2017
星星 　　　　　　　　　　　121
我们坐在正午的两侧 　　　　122
幽灵之家 　　　　　　　　　123
九点过、十点过的宝贝 　　　124
何太急到底是什么意思 　　　125

2018
节气 　　　　　　　　　　　129
恩义 　　　　　　　　　　　130
名目 　　　　　　　　　　　131

2019
桔梗 　　　　　　　　　　　135
紧张 　　　　　　　　　　　136
眼影 　　　　　　　　　　　137

2020
明信片 　　　　　　　　　　141

2021
- 鬼画桃符 … 145
- 巴梨 … 146
- 梨树 … 147
- 云朵 … 149
- 午餐 … 151

2022
- 泼妇吟 … 155
- Salsa … 157
- 这片树林从来没鹿 … 159

2023
- 孔雀河 … 163
- 扭动 … 171
- 站台 … 172
- 矢状缝 … 174

2024
- 烟火 … 177
- 毛刺 … 178

- 一个说明 … 179

2004

注视

世界在这一刻

惨白,你逐渐消隐

明月未曾在此处概括灰色的梦

冬天在用于转身的阴暗里

迁徙与失去之间

篝火全部熄灭

再没有惊扰风的刻骨铭心了

沉默,流动的沉默,充满遗忘,一去不回

2005

早上的光

自习课坐到你旁边,那是去年
你看过我回忆的眼睛漆黑,掺和着夏天的味道
银色海鸥飞走,夜晚渐渐浓密
将露珠冻结

别离这件事消失于夜晚

别离这件事消失于夜晚,星星闪烁

有的从此不见了

鸟在鸣叫,不知名的声音

回到了家,四壁萧然

贫穷的光辉团聚一些影子

我想着你,并把翻开的书本放在膝上

任夏日的热风拜访

我修复损坏的笔,再一次

笔尖以黑色线条组织你的样貌

你似一只鸟飞过

在没有云与月只有星星的天空

吞食懒惰、间隙、蝴蝶残肢

偶尔衔来与我有关的以后的日子

令心脏枯萎的日子

一片片飞散

去的都是陌生的地方

2006

关于爱或死的邀请

我抬头发现你在夜空

群星镶嵌,泥土生长,嘴唇颤抖,意识干裂

如一次重逢

你在我所不知的某个位置寻找

如何牵你的手

掌握你的身体

无法躲避的

石块是血,渗透清晨

那关于爱或死的邀请

你所在之地

你所在之地
有绿油油的候鸟,啄食阳光
有海滩的梦铺向天涯

你所在之地
是一块永不迁徙的石头
和一些让人尊敬的心
垒成的幸福

你所在之地
是一首健康的情歌
和你一样
有一个健康的名字

你所在之地的名字就是你的名字
我所思念的名字
一个健康的名字
所有健康的名字

2007

早晨

这是什么光

将我的四肢笼罩

一个完整的你

来自河对岸,杯子里没有水

这个意象捧着梦的遗体

靠近我们

一群孩子

游戏在你双眼之间

晚安

路灯的沉默一如既往

她坠没在我怀里,没有说话。

我爱她,亲她,听见她

我的呼吸里那么丰富,就是她的呼吸。

她呼吸引起的微风吹拂这些日子。

棉桃

散漫、疲乏且闪烁不定的
两颗棉桃挨在一起

不绝于耳的平凡的魔法
空荡荡又胀鼓鼓的

在这种持久的知觉中
是甜蜜的知觉

因为一床新被子
多少下午没用来唱歌

印记

她的左边是三个女生和三面窗户
教材、皮包和旧纹理在桌面
她在看一本左拉的小说
表情和眼神我无从得知

浅紫色的指甲闪动
头发柔顺,不多不少
她回头时我正低头
瞥见的只有嘴唇的影子

这一刻,她存在着
如同整个屋子里让人无法忍受的声音
这一刻,我爱着我的女人
而她不是

她只是今天上课坐我前面的女生
一个自由的印记

2008

合欢树

她不知道自己要的是一个蓝色的世界
浓密，昏暗，血脉偾张
在树木的包围下
度过二十岁，她在我的梦里睁开眼睛
呼吸颤抖，如一次叹息
悠长又明快，如一个吻
在午后的光线里会饥饿
颈部闪耀盆地古老的神采
四川盆地和塔里木盆地像两只手
爬满风的余音、岁月的残骸
和游移不定的忧愁
在青涩干燥的一个个瞬间
我弯着腰，血肉挥发了
再去哪儿玩会儿呢？ 沙漠。 再去
火车上，河边，湖边，编辑部
汁液飞溅，不断地远行、返回
命运亮出嫣红的部位
轻浮又黯淡的部位

我希望你回到此处

与我讨论新的房间

茶叶过期，螃蟹风化，租来的简陋，永久的贫穷

因注满体温而发光的文字

保存的是昨日和上午和刚才

找到并围绕你的东西，可怜的小宝贝

我们看到云彩倾泻下来

如今要分别，都变作另一个人

另外的人，什么样的躯壳

可以盛放你唱过的歌

五月，又能听见什么呢

再去哪儿赞叹合欢树的姿态

我却充满信心，觉得自己能爆炸

你呢，泉水和小路对你的体贴

变作嘲讽，受了损伤的始终美妙无比的

牙齿，颧骨，后背

会不会逼迫你呢

后悔，又是哪一日的凄凉图景？炽热的

辜负，厚颜无耻，怙恶不悛

我顶礼膜拜的海淹死我

松散的魂魄有部分不是我的

是你的，可是你在哪儿啊
我想你了，你怎么不出现
礼堂漆黑，地毯的灰尘
钻进脑袋里，来，我背你回去
我心里有死者，有胚胎
脉脉含情的时刻使我厌倦

2009

现场

在意一点红色
并不为什么。
直觉上更美的茶杯
比传统透明。 高潮
隐隐作痛。
其他的，往往是最重要的
无需完成与被完成。
比如就像，比如仿佛
比如知识分子、冷空气、敏锐的缝隙
比如行为的工作坊。 调皮的方式
可以
而非只能。
无限的琵琶：当表达的力入驻下一个选择
当持续性的体现将石头解放
粗糙。 宝贝。 呢喃。
越来越事不关己的鸟雀
湿漉漉。
未知与否，都停止预想结果。

悼念、铭文、尘土、花瓣的

互动。 拓展告别的滋味

表演,请——

实验。 熄灭。 狐狸。

狐狸是纯粹的概念

源于把持空间的

血,别的液体和因素!

言语。 言语所提前的

包括了唯一的密度。 界限。 无法驾驭。

作为匮乏的年轻,渐行渐远的

潦倒,擅于精炼的或者

不堪重负的。

宝贝

谁能告诉我她的名字?
她的脖子上只剩下雪,就在今天下午。
绿衣的少女长着风一样娇小的嘴巴。

她很甜。 她的肉体紧紧地将偶遇包裹。
谁看见了婚姻、儿女、坟墓、荒岭?
她的视线流转在城市最阴暗与最明亮处。

她很甜,很香。 她并不瘦。
她的呢喃甚至很丰腴。
她的曲线仿佛倏然一颤!

谁敢忽视她的河流?
渐渐的,猜想或许要生锈
但,请原谅,她还是新鲜的。

苹果

苹果汁液滋润过那些阳光忧郁的本质
你嘴唇间的日子如此细腻,没来得及咀嚼,就全化掉了
宝贝,来,站在我面前,告诉我
想念就是愧疚

致——

从最幽秘的潮湿里
跳出只嘴衔朝霞的小鹿。
还有什么比爱更远、更悲凉?

她高高在上的虔诚
转过香烟与米粒的街角。

她是寂静。
她的寂静闪烁。 江南,那碎片垒砌的水
在她的寂静中汇聚。

一切,她都有,她是书卷,是失去。

她的肌肤紧挨着蛇。
她的眼睛,体贴幻想。
她吸吮光的尸体。
她隐藏于露水中的祖辈
只是等待和相思的名字。 仿佛一次凋谢

她的开放

五彩缤纷。

夜是她的女儿。

她问：我们是谁?

乡村女教师
上个月剪了短发

鱼产子时跃出水缸
茶几碰伤膝盖

缠满绷带的
遍布藻类的旅途

不是她的，隔着纱窗
也不见胡杨木栈桥

一瓶跟奥运有关的红酒
可以品尝到流星射入湖水的声音

都在 2009 年 9 月 1 日
凌晨第一刻钟

纪念品

两根羽毛、几个笔记本、路边的杜梨
伟大的爱情,上千个日夜,就剩这么多

一个喜欢收集的女人
与母亲同姓的女人

除了纪念品
你什么都没有

也许再加上
疾风刻在你脸上的

就这么多

2010

胎记

它没收了死亡

疼痛而不为人知

蜷曲在耳后依靠听觉

呈现葡萄串

从浅绿色拧出汁液

任其干枯

总有一些浑浊无法稀释

留下来

证明

我爱你你也爱我在这个下

午

赴约

准备好赴约
在那里跟在想象里略有出入
嘴唇挨着嘴唇
话说出来便言不及义
窗帘合上衣物散开盖住各个缝隙
除了自己
整个世界就在这里
还少了些什么
你和我遗忘般默不作声

狮子

可以死了
当然不是一朵栀子花
每片好的骨头都来自黄昏
一把锈迹斑斑的刀穿过血脉
抵达灵魂时放弃了疼痛
开始新的睡眠
噢,我的小狮子
请回头看看爱情哧哧作响
像泪水滴在平底锅里
直到毁灭也不停止
旅行

潮湿的火

你要跟她合二为一
看见潮湿的火,伤痕密布
她敞开整座秋天
任你拾取
一切都是陈旧的
疼痛新鲜又体贴
你和她喜欢这些掉皮树
从掉皮树开始
你和她并肩而行

想念

就像一群夜里失血过多的妹妹
伏在墙角,被苦楚充满
没有力气听见或看见。

她们填补了时光的漏洞
将幻想铺平、夯紧,存放在陌生海域
真实如一次相遇,孤独如一个吻。

栖息于焦灼,把浪花反复消磨
仿佛一帧革命者的影像,由风构图
任街景给道别打光。

丧失愿望般旅行
每一步都踩中了露水留下的脚印
用月亮遮住使欲望蒙羞的魔法。

沿途跪拜樱桃树,有时停下来
洒落一地开花前的小骨头。

湘潭书

亲爱的,想你的时候我吃掉了
一整个下午的橘子
看不见你我就到外面走来走去
有些骨头很疲倦,其他的骨头很满足

秋天在她身上打了个旋儿

秋天,焦灼得越发安稳
在国营江南机械厂
相思并非多余。

秋天,树
将阴影投给浮满白色废弃物的沟渠
体内的水和眼前的水都流得缓慢。

谈论依靠想象才能弥补的事情
贪婪地呼吸,使空气穿透肺叶里
亿万被忧郁熏黑、使骄傲丰满的分子。

烟头跟槟榔渣在一处
五味杂陈的疲惫在一处,坐着
可以构建回忆。

易损的时光密集如等待,且与等待
彼此包裹,停顿
隐没在私密的位置。

在傍晚醒来

在傍晚醒来,懒汉复苏了愧疚。
疲惫一点一点被时光抽离
这身体还年轻,充满床铺和秋天的恩情。

雨。
灵魂和嘴唇都是崭新的
没有腐烂也没有游移,耀着洁白的光仿佛相遇。

有什么在挽留,其他都在想念
柔软劫持了公主,在别的地方阅读、抚摸、懂得。
从二十一岁到二十二岁,茶花比铁轨更接近神的
旨意。

巫女

这个夜晚我们直接面对尘埃
突然安静下来就像有人打碎了水缸
鱼群和空间同时搁浅
不说话的时候我就会想你
并且想起目的地失踪的蜜月旅行
却只向你的触觉提及一丝半缕

亲爱

你不在这里

窗外看样子冷了起来

一阵雨下到瓦片上发出声音

我或坐或卧

或立或行

都在想你

却无法决定会以怎样的孤独遇见你

在什么季节

在谁的故乡

以怎样的谦卑和你在一起

全部青春付与彼此

和你生、老、病、死

不迷惑

不分离

两个美好的灵魂相聚如同夏日重临

路边

亲爱的,我累了。 路边睡着好多人
都没有醒。 在九月,死去,还是旅行?
她们还那么年轻,他们的舌头爬满困境。

阁楼

裸露、想念并停泊在阁楼上。
又是这里,为了体贴而存在的告密者
忍受着苦的主宰。
这爱掩藏好疲倦裹成的漂泊
瞬间等于自由。
没有人可以
听见,没有人可以说。
所以闭上眼睛往回走
借由阴暗处的黎明呈现昨日。
像风亲吻风铃一样
眷顾——
命运袖珍的疤,天生丽质的孤独,活生生的少女
时代。

吃菠萝的女孩

拎着个透明的小口袋
那么多切开的菠萝
摆动在她春天的膝盖右侧

午后两点零六分的阳光
一闪一闪
被她全部咬碎了

2011

疏忽

天快黑的时候她在墙角,衣服很薄,有汗水
基本上可以看见。 谁说争吵是无谓的
得扪心自问。

涉及到激凸的梦境证实了另外的。
时光沿着假设来到海边,继续它的修改
用颜色擦洗必将废弃的船

用波浪和波浪的回声
舔食渔民的皱纹。 睡眠也需要改革呀——
她所经历的已然蜷曲成一团,只携带着腐坏自怜

偶尔翻晒鞋子、影子乃至几乎忘掉的那些。
向这边走来
所有人

不再相信谈吐。 头发渐渐干了
盐分往下落,撒在阴暗处,更多尘土的殉葬品

在失眠附近逗留。

那就告诉大家吧,她坚持说。
夜晚该如何记忆骨髓明亮的部分呢?
满载疲惫,只懂得变老的,只能让她来终结。

阴影旁边的知觉

阴影旁边知觉被感恩照耀,老婆
除了你没有人在。
暴雨的时候,蜉蝣一只只从土里往外钻。

下午三点钟的连枷嘎吱嘎吱啪啪啪击打黄豆
它们38℃的绒毛使五脏六腑痒痒。
秋天一条草鱼钻进一团水草。

如果不是我,谁知道这些叶子是刚刚落下来的呢?
穿筒靴,打黑色的伞
读书,赶场,砍好倦皮子就去刮哈拉树的皮。①

我还拼命摇曹雪芹纪念馆的柿子树
把偷来的书搬回家
因为想什么面目僵硬。

-----

① 倦皮子,指陀螺。哈拉树,指毛桐。

就好像你在公路上歪歪扭扭留下印记的单车是我的
我觉得每一样东西都在笑。
有个女的笑起来鼻子和眼角全是皱纹。

你托运完行李,边发呆边发短信
高兴了故意叫得很大声,心跳和呼吸都在我体内
不少声音呈现着金黄色。

风湿病

除了自己
没有什么可以奴役。 冬至日流离失所
从外省开进北京,每扇窗户都是灰尘。

被新的时光阻隔,馒头长绿毛啦,你左膝盖疼
打算晚点回去。 她右膝盖疼,躺在一张格子床单上
夜晚倒是干干净净的。

如果需要
她也坐在床单上
剥橙子,猜丁壳,高兴的话就亲亲你。

热可可布丁

冬天罩住这座城,我始终知道
在晚上失散的人群。
我不断看见
风尘仆仆有时候足以修饰,有时候离真相太远。

经过许多树再变老也没什么区别。
两个陌生人
在路口停下来就在一起了。
被蓝一样的喜悦包裹。

我完全同意你
经常噘起的嘴为造物的臭脾气平添了依据。
你想要缝补那些扣子,专心喝彩的姿势
堪称自由。

依次打开灵魂的小方格
你喜欢
热可可布丁。 失眠所到之处,滴溜溜的全是魔法
肉体晃荡着钥匙向自己走去。

戒指

一个女人哼哼的时候
世界破败的部分更加破败。 一个女人
对自己展开杀戮,在二十三岁的棋盘上剥除
今天里的以往。

她清理战场时说
"你们所有的爸爸都是孬种!"
现在无数遍亲吻她,现在钻进她的耳朵
没有降落的日子盘旋在无名指四周。

可他冲你发火
第一次把戒指狠狠砸向地板
它完好无损,第二次把戒指砸向地板
它四分五裂。

但是秋天可不可以饶恕他?
一个男人只能由一个女人证实吧
你将大部分问题丢给虚无,小部分放到情爱之中
和我保持一致。

现在你的身体热雾弥漫

现在你的身体热雾弥漫

就像第一天在卫生间没有出去

从夜晚逗留直到这个下午

还那么年轻仿佛不需要老去

只需要秋天照耀

说什么话做什么事都使温暖变得完整

其他时候又咬坏耳朵

触觉里好多蚯蚓血丝透明

拥有黑白影像

加了点遗忘的青色

剥橘子，开啤酒，敷面膜，踢马桶

把膝盖放过来

把毛线也放过来

谁也否认不了

活蹦乱跳的忧郁从未向我们索求

信心

梦实现以后世上到处都是河流。
这场雨你也知道,我从里面冲出来
一下子就看见了。

作为彼此的岸我们打开窗户
只需要呼吸,不需要走动。
有块石头滑过脚背觉察到相遇和吻的事。

有只鲫鱼滑过脚背
似乎也想象着。
它咬你一口又咬我一口仿佛在忏悔。

没关系亲爱的,你可以闭上眼睛试试。
听到什么什么便存在
包括存在之外的。

温柔

你还没有准备好,我只好把这个吻又吞下去。
什么时候乱糟糟的世界突然聚集在一起
就对了。 其实造物需要这个吻
来证明什么,再加上临死前的那一个。 哪怕过程中
你喜欢偷看也没关系,闭上眼睛我可以呈现荒野中的老城市
——它们想要以撕裂夜晚的闪电抓住我,喂我吃
存在之前的信息,迫使我拼凑灵魂的碎片
解答足以眺望自由的谜语
为何如此汁液充足,如同其余的你逐渐苏醒。
我们交换触碰的绝技,不可逆转的以往留足了建筑喘息
的石头,几乎是雨传授的,来自脊骨和肚脐的酥痒
穿过疼痛直达屠戮虚空的高地,七月
已经收割完成,无数颗露水被忍受点燃。
而且我们看见了
从此造物才有了声誉。 我们看见

向彼此沦落的整个节奏，有些知觉简直无处栖息
被填满、被欺凌的命运杯盘狼藉，所有的糖果
都显得局促不安，仅剩下色彩，却要花费比词语更长的时间
崭新地相遇，发射出焦躁的光，包裹眷顾的每一种深度
把持住险象环生的核，用呼喊扣死爆炸的力
透明般的，攥紧各自的祖祖辈辈，使之丧失身份，无法找回事物的
名。 仿佛在替全人类庆祝呀。 而我说过些什么你已经忘了。
我也忘了。
这个夏天尸横遍野。

此刻

一只手伸出来,风可以再用力些
包裹,冷却。 烟灰缸里,我们找到什么
都不是真的。

梨树有所变化,出生便开始
衰老。 走过那么多路,遇见那么多人
她穿着蓝色的短裙继续下楼梯。

风当然抚摸得更准确
我只能尽力而为。 惭愧啊
你不知道想些什么才能填补原本的缺憾。

汁液苦甜不定,越临近核越说不准
这时候起码得抱抱呀。 22路公交车开往西单商场
那里曾是梭罗河或者伊犁河。

夜晚

没有谁察觉我经历了怎样的你
体会着自己进入自己
大概因为说的话
之前就已经在我们体内延续

这么些不需要再告诉什么的时辰
几乎是一辈子所有的时辰
那只猫咪更喜欢你
或者更喜欢我,没有区别

Amy

夏天一如既往

支持相遇,风景往后退

情绪或别的空缺

足以让腹肌疼个三天三夜

直到堆砌已久的可能

有所舒缓。

看见你,说说话,喝两口啤酒

重新体会以前体会过的事情——

我也曾坐立不安你晓得的。

六月以自己的方式排出汁液

气喘吁吁,不需要多少不为人知的角落。

包括裹满泥浆的小棉衣

包括薇薇安

能够分享的还有斯里兰卡

成都和斯里兰卡都时常下雨。

一首首歌的名字更加值得玩味

你笑起来

那么大的眼睛对世界充满好奇。

其他时候还是这样

剥好的荔枝

觉察到食指连接的声音

再悄悄咪咪

告诉你的舌头。

广州

在火车站我没有想起什么可以挽留。
这只是一次旅行。 持续燃烧之下的皮肤
受伤了——
灼热，疼，感觉到彼此的肉身，却又不真切
好像没有活着，牵着手四处游荡，看见水、桥
建筑物被夜晚包裹的整座广州城。
某种爱可以为灵魂接生，还不止，这一次
灵魂完成了自己的事。 亲爱的
别离的时候最重要的是触觉，想你的时候
最重要的是知道一些好的事物在流淌
它们有很合适的质量
仿佛水和桥是一致的你知道吗？
从这里开始身体也有所改变
我喜欢这样子。
好些骨骼都明亮起来
生成言语的方式完全属于私密空间，哪怕说到爱
神经里的杂乱没有清理干净，略微显得刻意

就此定格又有什么关系呢?

接下来的每个晚上,她停下

坐在一个位置——就那么坐着不需要什么念头。

下午

没有人知道这些事情

没有人知道我将你拥入怀中

河面上的船只驶向别处

从山顶往远处看

没有人知道我想了些什么

我已经忘了,也没来得及告诉你

桃花开了,裸露命运所有的粉红色

你却喜欢紫色

相遇的浅紫以及追问的暗紫

越是接近黄昏的东西你越喜欢

没有人知道为什么,你也不知道

说来这不仅仅是遗忘

没有人知道遗忘是什么

知道了也无能为力

包括你,亲爱的,你没有在那些船上

或许你在

也没来得及告诉我

2012

散步

找到袖子,一个就够了
塞进去,裹紧,让暖流向上聚集。 窗外阳光明媚
川菜馆和烧坏的路由器同时被照耀。

黑色的
肥嘟嘟的小狗,看着我。 我说,汪,汪汪,汪
汪汪。
它说,汪,汪,汪。

女友看着它
跑到电线杆后面,又跑到垃圾桶后面。 墙剥落了
几块
书里有几块新鲜的橘子皮。

身体

藏好酒杯
她就站在那里,背对着色彩
任由圆乎乎的缝隙敞开。

被旧事物裹住
只要看见全部的线条,她就会吃掉自己
不过,她打算再忍忍。

她想起父亲
咽气时的天气,锁骨上的鱼鳞
一个无法谈论的核心

陌生人。
她懂得用腰窝呈现困境,叫喊、分裂
含着恰当的羞耻。

期限

我没能参加。 我只有
一封邮件。 知道这个消息是早上
晚上我睡得很好。

我在外地。 过不了多久
我也要结婚。 用什么发呆,被
什么带到荒郊野外

我担心很多事情。
我希望能够继续活下去。 烟抽完了
懒惰

爬满空烟盒。
我认为建筑物背后可以生长别的
比遗忘更美好的东西。

切换

那些鼓舞人心的蓝色
躲在下午背后。 你挠我痒痒
我都快笑喷了。

光线
有些惨白的意思。 不大关心农药残留
是因为我们的感情破裂了。

醒来就很凶
你应该一直睡觉。 送煤气的姐姐
把汗水摔碎在慌乱里。

发酵的淘米水
可以用来浇栀子花。 好饿,好饿。
那怎么办?

如果你不让我
养只小猫,我可是会哭的哟。
虽然我还没有做好准备。

和解

有什么警告过我
忍一时风平浪静。 厕所地板上的头发
镜子上的头发,床上乃至鼻梁上的头发。

留恋的食物让我不必面对
前因后果。 洗袜子的时候水应该很冷
手指叩击着裤缝走进地铁口

去迎接。
一张熟悉的面孔涌现,心疼吧我只会这个
别的早都懒得理会。

需要多少吻她就可以给我多少
需要多少夏天也是。 从东边常年漂浮的云看下去
她体内的岛使我晕眩。

红痣

你带着它
从左家庄或安河桥北去纽约。 纽约住过很多诗人
大部分都死了,我不认识也不想念他们。

我只记得它在你的肋骨上
亲我,孤零零的,跟造物在一起。 我不敢说
它跟前世没什么关系。

它与你同在就像我
过年容易犯困,爸爸打电话来才突然饿得胃痛。
无法自证的事只好留给夏天

它会拥有雨水
接纳我的全部陈旧。 我认为铺满你的除了
意料之中的爱便是意料之外的早晨。

固执

哭过之后的身体
继续跟对方的身体相处下去。 厕所和厨房
的墙壁完整保留了我们的愚蠢。

卧室里不断更换的空气则穿肠而过
将欲望解释个千百遍。 很明显那时候的自己
简直是陌生人。

所有陌生人呈现出的两个人
承受着沿途冰冷的事物。 冬天凌驾于疼痛之上
却无法变成一个吻。

也没有什么可以到此为止
绕过血液直达灵魂的火葬场。 拒绝悔改
的彼此面色苍白,又被遥远温暖。

香锅排骨

你知道我触目所及的夜晚,这条路

并不是我一个人的。 只有离开趾高气扬的传统

将北京城放逐到他乡。

停车场的雪被轧得乱七八糟

仅仅给我没有声音的样子。 我掀起棉被进去

小伙子把排骨煮好。

今天

我失去了说的能力。 屋子里塑料口袋越来越多

柚子皮腐烂了都还有柚子的香味。

你睡在异国的沙发上,完整得如同所有。

现在,材料又准备好了,厚着脸皮再放一把花椒

时差也倒不过来。

红色的垃圾筐装满空间和时间的影子

水槽待会儿得收拾收拾。 翻搅皮牙子①的汁液

噼里啪啦五分钟菜就出锅。

---

① 皮牙子,指洋葱。

2013

第八天

今天是第八天

明天就是第二年了

你在睡觉

等你醒过来

我们有很多事情要做

吃饭上班之类的

还有说话

除此之外

我们什么事情都不用做

12月25日夜

直到无话可说
我把禽兽放到河边上,触碰到的
崭新如多年前的厦门,石榴红透的时候。

当时什么停了下来
足以懂得全部的声音和颗粒。 我知道怎样欺负人。
你那么小,那么暖和,拥有那么美好的犹豫。

现在我的耳朵还是热乎乎的
有些香味
穿过我。

平安夜只剩下不能辨认的肋骨
五颜六色
在我体内走来走去。

昨晚

昨晚上我梦到另一个女人
现在我也联系不上她了
她给我打电话
好像有什么重要的事情要跟我讲
我很开心
但整个情境很悲伤

阳光

她脸上有些三角形的阳光

旁边就是船只、房子和椰子树的响声

腥味刚刚好

椅子也很稳当

这个下午她相信命运

她想象着时间的轨迹如何杂乱无章

她知道百米之内还活着很多人

橘子树下的橘子

我还是认识一些活着也无妨的人

她们的东西很旧并且毫不掩饰

我喜欢她们胜过天空和雨水

她们就像我当初放在橘子树下的橘子

现在才给我失去的感觉

她们做出许多表情

我看到她们指甲上的蓝色

翩翩起舞

有的还朝肉里钻

壁虎

这些年看上去一成不变
我认识的人还是那么几个
死了的就像没有死
其他人在玩蚂蚁搬家之类的游戏
没有叫上我
要不了多久就会垮下来的天花板上
住过一只绿色的壁虎
我们非常喜欢它

云

这个地方拆了以后
这个屋顶不知所终
我们去别的地方
只能看到别的云

2014

板栗树和猫咪

她们在板栗树下。 板栗树在变粗。 猫咪突然出现
挨个对着她们的嘴巴吹气
让她们的胸口鼓起来,像模像样,又耙和。

她睡着了以后

她睡着了以后
经常可以感到鸟扑腾或者不扑腾翅膀的
情绪
风
虚无
猕猴桃
鱼腥味
之类的东西

下楼

她这样下楼是要到平原上去
她曾经看着那个空袋子
她觉得里面还有米
最多十七八粒吧
她觉得

在理县

还有四个人在睡觉
我很羡慕他们有一匹马
在这么高的地方生活
可以认识更多的妖魔鬼怪
猫咪七岁
野桃花也开了

开花

我说宝贝呀

春天比冬天还没劲

有些树并不愿意开花

更不用说长高了

在阿克苏我们有十五只羊

耽搁到现在

今天我们没有机会去干别的了

宝贝不要怕疼继续唱歌

有道德的和纯洁的经过这里

晚饭热热就可以了宝贝

在阿克苏我们有十五只羊

飘窗

她坐在飘窗上唱歌
屋外是太阳和无辜的人
更远的地方有她更喜欢的蓝色
她喝喝茶
舔舔嘴巴
妈妈打电话来了

毛衣

毛衣没有洗
洗了也没干
今天不上街
我们来想象
我们身上有
很多很多猪

糖

她买了很多糖放在床上
春天来了
整个房间都是甜的
骨头白花花的
爬满小得没什么颜色的小蜘蛛

脚趾

夜晚到了这个程度
我的脚趾挨着她的脚趾
去年吹进房间的冷空气还剩下很多
就连隔壁也有了一成不变的
足够安静的东西
我才可以想念梨树上的毛虫
和大雨中的火药枪
就像太阳下那堆死鱼告诉过我的
我必须把有的时刻藏起来
不跟任何人分享
只有现在
碰一碰她的脚趾
她知道就知道
不知道就算了

晚归

那些抖动知道全部的身体
大半夜坐在一个地方努力喝酒
温暖里面都是耳朵、白色和绿色
事情过去得很慢很慢
上帝和上帝的呕吐物随风飞扬

一池水

还有很多事情没有发生
你的全部热情就是一池水

划拳

成都冷得很

我们在被窝里划拳

三毛、蜡梅和机器猫也在

圣诞节已经过了

街上有些变化

我想跟你说

这个房间还是不小

装得下很多东西

比如说昨天晚上做的事情的

各种颜色

2015

精魅

一本很旧的书以及更多的精魅
凑过来,给你握住。 游戏早就开始了
一个崭新的公孙龙以及她们可以重复
的紧实和滚烫让你悔恨。 那时候还没有铁
治疗顶尖的皮肤病
只能靠奶水。 你帮她们燃起怒火
看她们的额头就像在吃她们。

满山洁白的心脏

暴露于宝石的精神俘获了她们
全部的感受让她们发明兔子
战火曾经烧到她们腿上,她们掌握了树林和鱼香味。
一切不必要的波纹、碎末
满山洁白的心脏
都停下来,等她们吃完。

秋夜

她们往下陷,经常是白色
和香味。
刷了牙回来就再也找不到这个姿势了

当时

当时不是这些月亮。 红色的米粒。 装妖怪的人发明了炮火和情不自禁。
上元之夜的两根火腿肠就决定了。 你们都会发光多好啊,肥沃而且容易满足。 你们教我磨刀杀骏马,在窗子刚刚装好的时候。 你们爱消失和倒下来的树。
心像针眼那么细,压下来,平躺下来。

2016

对质

薄皮女郎 Juliette,你爱不爱我啊

那些幻觉流失,从你也能相信的角落滑入山中

快把马豌豆吐出来 Juliette

她们用铲子

被太阳照到了

纸张脱落,文字单独燃,她们不会爆炸吧

你想过的变成阻挡衰老的颗粒

保护你的无非那些闪光,她们很像磁铁聚在二月初

多好的绿色啊会叫,你要去那儿

与她们对质

茶苞

大块大块的白色（飞快）可以和漆黑比
这些钢铁挺好的啊，吵着进湖北，吸烟处有鬼
一会儿让滚烫的崽崽哭，她们仔细变化
用用了很多年的肝肠来钓草鱼，分割，催命
漂亮宝贝，看清楚了，莫等天气转暖再伤你妈的心
但是今年还想怎样又何烦何欲呢
你妈曾经低声语，那什么厚如茶苞，富含多巴胺跟臭味
迟早要被挂在墙头

2017

星星

"没有幻觉人类一分钟都过不了"
"车门即将关闭,请注意安全"
那种难过还在和她们接触,很早她们就比赛
浪费的勇气,毁灭与自保,核心与面目
也称作梦魇,充当围困她们的血肉
昨日,阴,雨所启发的总要过去
为她们赞叹的物质却永不毁损
她们更在身体外面涌动,其无穷无尽的意思是
对时间的讨论就够了,时间的意思是
——你眼睛里有很多星星
难道那些星星不是我吗?

我们坐在正午的两侧

个人在乎的不算啊

爱护这种基本的东西

比无中生有还艰深。 我们坐在正午的两侧

会跳跃的把自己举过头顶

幽灵之家

唯患不知羞,不知短暂

水井坡上那么红,小美人蕉到处生,周围的丝瓜没结

《幽灵之家》里面倒是新的,还有两个邦迪

九点过、十点过的宝贝

激发或燃烧生命力的,简洁的,深情的
赞叹与出卖的一致
给了沈从文
在抒情中,列举动作可以,但也失于偏颇
感官和理性,还是前者,有形式的拓展,但损害了
无穷
上帝的产品都失活了
宝贝到底做了什么被放逐
宝贝准备布置一个范围
九点过、十点过的宝贝
从旁边看去,漏洞百出的东西才合适
以这几斤几两,本来不用讨论
关键在于认识到其中的陈旧

何太急到底是什么意思

我们坐在这把黄色的椅子上
我们说的话并不对很多人有用
何太急除了跑,就会害怕和难过
何太急到底是什么意思

2018

节气

在沙发上吃菠萝

也去阳台洗脸

烫啊,又是滚烫的

不过受不了鲫鱼的甜味

阳春三月,桃花枝枝绵得很

嫉妒心作祟,其他都好

有位女士说,太高兴了,太伟大了

还有西梅呢

以前没吃过西梅

还有牙龈问题

要重视这些变数

恩义

很小就在院子里走,脸颊通红,脂肪细腻
那个太阳给出所有的机会
天干物燥,房梁四周却全是嫩芽
咳嗽时指着风筝
美妙的争执过后,知道顽固和恩义
需要另行想象的空缺
也被拉到视线中来,新的、不可见的灰烬
同样参与祭祀,祖先看重的,如今更是荒草
情爱喜人
腊排骨可以杀人
很慢

名目

坛子沟在更里面

气息深重,追逐也极少

阳雀花现在就可以开了

别的都好商量

大树给人启示

林泉幽僻

变化的终于慢下来

视形体为寇仇

爱乐维是一个

榨汁机是一个

觉得亲切,有夏日的神采

2019

桔梗

见过,也知道名字
但对不起来,小贩说,这个是桔梗
到家找花瓶的时候
一一说,你不记得了
在遂宁,桌子上就是这个花
我没印象
从今天开始
我认识桔梗了我认为

紧张

火苗有时熄灭,那个心跳啊,很多突然的养分
参加这种流逝,假设一个正在跳绳的、背负血丝和烟雾的人
向过路的说明
自我如何运作,制造一个整体的银色
正确但疲惫,冬天一直有波浪,阴,回家的能力漂浮于此,任由风吹
竹根蔓延、乳胶漆剥落、猪脑壳变臭、针头断在皇帝胳膊里,等等
则具备另外的良心
我们在灯下洗脚
女儿又拿到长颈鹿了
什么是长颈鹿?

眼影

朝阳起来
杜梨化渣甜且厚,几乎美梦成真
心思滚烫,紫色的感觉
八月挨着九月
九月致命
到哪里去后悔

2020

明信片

狐狸雪白,时机不对
杏子长在半山腰,早就吃完了
热水冲得我们冒汗
怒火则让人失去这些

当时她并没有带上我
小时候我觉得
松树的绿色多么普通
但油脂浓郁像豆腐

一座拱桥
一座石板桥
早晨,对着青苔哈气
其中的凹痕和裂缝谁又没看见呢

2021

鬼画桃符

每天晚上,她吼,她是要

报复,白天,她走路的声音也是

她想起干桂花,看到干桂花

闻了闻,阳台死去的东西

连成一串,像排着队,只有蟋蟀活过来

她本以为是蜜蜂、薄荷

今年变冷了,所有站着的树

都有所察觉,那即将来临的

那不止沸腾,那要点燃般的轰鸣

如何爱她

如普通的、解渴的水

在喉咙里描绘图形

巴梨

刹那间仪式来临

体内月光皎洁。

总有什么利于进入

但现在帮不了我。

很多知识跟感受

没说出来便已消失。

那些鲜嫩的褶皱

只能亲吻而不能据为己有

荡起的波纹好似刚买回来的两斤绳索

挂在一个冰屁股坐过的椅子上。

是谁杀了花豹

又不给它收尸?

剧烈的蠕动中

大量的皮肤脱落

露出金色的灵魂。

梨树

梨树中的血沫最有东方情调

屠宰我们的嘻嘻哈哈的叶子

远不到落下来的时候。 过去的人,现在艳丽的鬼

盘膝而坐,盯着梨树仔细看了看

眉目如画,想的是报仇雪恨

嘴角抽搐,不知该说什么

只在心里翻白眼。 梨树长在那里

很少成为起哄的对象。

令人头疼的梨树

便是物质生活。

梨树的出现在警告我——别想在最后关头捡便宜!

彻底没戏了。 天晴了半个月,轻松不起来。

当时,梨树可谓漫天雷霆中唯一的孤儿

提前设了埋伏,待到十月爬上桌子

直接轰杀,造成留白,让留白合乎情理。

梨树不算什么

却没时间搭理你。

你拿着梨树

想一头撞死。 你的老表

一个个在梨树下发抖。 数千棵梨树器宇轩昂

流光溢彩,后面会发生什么事情?

梨树如同很多人张开手臂。

梨树做的火药、丙烯

在星空集结在一块。 不要磨蹭。 乱象

是梨树的,炼狱是梨树的,狗熊和猴子

是梨树的。

挥刀割自己的肉

的梨树不少啊——跟青主定的契约。 六角星图案、

锣、手机壳、恐龙玩偶跟堵住嘴巴的梨树

在陌生的环境猎猎飘扬。

夏天凉悠悠

冬天热乎乎

的梨树不朽。

云朵

性感宝贝吹口哨

为了更年轻的人,向虚无冲锋

脚趾抓紧,要做些解释

用低声、低声的回旋

用亲嘴似的困窘、酥麻

在时代气氛中挂东西

钉子(物理)胜过胶水(化学)

关键时刻

受伤的部位就是钉子,本能拉扯

那种狭窄如眨眼睛

传递过海岸的视网膜

抓住了音律壮大

漆黑的根茎的过程

一把钥匙在裤兜里的感受

清新,均匀,如止疼的黏液

一个受刖刑的少女

显露在脖子上

她不是性感宝贝

她不像你

她不习惯,沥青路和排水系统

摇曳,灭亡——相互吞噬、抵消

午餐

她那个渺小的时空

永久地经受查阅和讨论

有几种表演必须参与,有几种凸起

来证明她,身体是充分的,滥用这些传统的

肮脏、腐朽与歹毒,时常得到愉悦,但没什么人

为可预料的风烛残年负责,灰色的、绒毛踊跃的

披肩

也是她的雕塑,一句关于沙丁鱼罐头的话

也知道如何生存

无尽的摩擦

浪费能量

承担生存带来的重叠

她在准备全新的、不受评判的俱乐部

列出并随时更新榜单

谁失明了,谁沐浴了

都值得计较

2022

泼妇吟

委屈在作祟。 委屈从何而来?
满天星辰,上下古今,动物界植物界,所有。
在河边遇见罗敷,她说自己
脸虽然老了,胳膊还年轻。 七岁
在青杠树下看到一群彩色小娃娃,八岁
在教室里等着持刀要杀她的同学家长离去,九岁
在短途班车里闻到凛冽的臭味。
最近爱精神分析,恨自己没见过
弗洛伊德。 买菜煮饭过程中的危机
颇为晦涩。 吃茶,会友,唱歌
可以帮助她喘息。 战争开始了
终究会消失的光经由昂贵的武器反射
照见一个鼻子:这十年有新的气味出现吗?
各式身体软塌塌的,肉钩则晶莹可爱
发出轻微的碰撞声。 压迫心跳的
并非权谋比如告密制度或蔬菜比如芫荽的历史
并非肉钩或年幼。 三十多了还唱戏
也不怕笑人。 她说,事情很大,要让更多人晓得。

谁在激她？ 地震横波晃吊灯

斑络新妇爬上头。 她查过斑络新妇

一种室内可见的蜘蛛，没毒，有白色细毛

螯肢、颚叶、下唇和胸板均呈黄褐色。

洗澡的时候碰到蜘蛛，不知该恨谁。

Salsa

脑海放烟花,崭新的秒针

在整洁的空间走动。

擦亮手表的灯光牵扯身体

每个位置皆焦灼。

羊吃洗衣粉死掉,录音机四分五裂

触动视觉的、起伏的东西则不改。

我们去看昔日的合欢树

合欢树的香味没过时。

皮囊、油脂、黏液等握在手心

胎记、伤疤与画册封皮都很咸。

机不可失啊,裸露的神经

适宜做凌晨的养料。

我们去看昔日的合欢树

爬到树上打电话,另一头,主张已覆灭。

姓冯的挨着姓郑的

注视数不清的自己。

鸟雀的叫声变了

很难描述给他人。

这片树林从来没鹿

这片树林从来没鹿

青苔长在胸口

灼伤肌肤的气氛消失了

地面返潮,高楼倒映水中

像法兰克福,你说

是八月,你踩着秋风洗净的一块皮

看了下时间

公交车空旷

最后一排坐着两个人

阳光酥软,相机老化

路上尽是晦暗的颗粒

2023

孔雀河

一

临近沙漠的夜晚,教师宿舍

我们削苹果。 乌鱼腥臭,你害怕、担忧。

我们吃葡萄。 给家具喷油漆的人

不知所终。 你买回双氧水

给我涂发炎的创口。

海明威和沈复可以看见

那些光是从极远处来的。 那鼓胀的位置

在空白里,呵斥我。 你知道血是什么吗?

隔着千万层呻吟

我退缩了。 现场如今只能是河水

漆黑的,时而闪烁,那烟雾留下来的

液体,永恒且可笑。 微暖的口腔

悬于行为所营造的虚空

从来没什么规则如铁丝穿过它

它却飞快枯萎。 我并非良人。 箱子

装着港口、晚风与芦苇往东面去。

我们骑车去看太阳

是很久很久以前了。

我读你的小说时

没料到这种情况。

后来有人梦到黎明绚烂的翎羽。

二

语文课上,笑脸稚嫩,纸屑顽皮

羊肉饱满且离先天的世界近

课间,光线和力

带来痒酥酥的明月,哪些东西白,哪些灰

你真正的名字只有我知道

河床啊永远年轻的河床蜿蜒

不论河床、森林,春风灌注的铁门关

都没有我们的孩子

我们连纸飞机都没一起折过

好雨知时节,洗衣服,擦栏杆,很少有泥浆进屋里

见到刮痕该如何啊

白日依山尽，手背滚烫，睫毛也是
见识过衰亡的雪都是你的
早上我这么认为，下午
在棉花和棉花籽之间睡觉，棉花和棉花籽之间
总有一些从前的缝隙
许多幽魂跟随我
目睹你的存在，你的每一个音节
在你身上失去的就是今天
一块天空掉到新疆
丝毫动静也无，气温回升……

三

荒芜中唯一的生机，谁知是你
只有你给我的考验如此严厉
主宰身体的岩石旋转，快似火花的照耀
这些脉络纹章，相遇，颓败，都特别好看
又顽固

一个才华缜密、姿态平静的朋友

不为挫折所动，伤心时，亦无袒露的想法

在厨房观察刀刃的豁口时

不知铁轨、平原和高楼

如何与那个九月相联系

入夜的蓝色编织你的手

舔舐你的嘴巴——裂痕细小

玲珑剔透，应予以爱护

具体的心灵有时是句话——或画眉、鹤

无法说出，却可鸣叫、跳跃、消失

"微微起褶的情绪"

"比巴梨的血脉更细"

"向旅行者的骨头里蔓延"

"岁月霁时温和""风落在芦苇上的声音"

与十四年前的水，那忧郁的妇人，"亲吻着时间"

凉爽是这样开始的——

行道树上密集的魂魄

在制造你喜欢的空气

入夜的蓝色划开闪着光的胳膊

我曾觉得熟悉,我曾受它们的注视

四

你眼皮上的神祇和妖兽
预测出什么,能否原谅我,丝质卫衣
与阿拉伯字母之瘦,与如今我的肥胖相比较
有种新的冒犯产生,你祖籍何方
能否再谈论些苏州的事
蚕茧桑叶在鳏夫般的静谧中
斗笠蓑衣在 1985 年
如果没错的话,肋部痛的时候
条件就是等待,将敏锐的神经消耗殆尽
如同废弃,前几个月,只能在家
你眼皮上的波光和利刺
像特务,保持些许凛冽
沥青那样的,更多的还是意难平,要是乌云令其发芽
多好,人人都是艺术家,但你看我多蠢笨
壁虎的尸体你还有用吗,强力胶

与不打电话的遗憾可以处置

粘在眼皮上，壁虎塌陷为粉色的颗粒

这不能保暖，如帽檐遮住眼皮

元宵将至，佳节好，新消息会是什么

你看我，你看着我，跟我去

那个十字路口辨认下方向

方向会不见吗，在地图上，我没找到你

的住址，尉犁的，焉耆的

陌生人富有吗，茶几、书架

送人了还是扔了，曾经落到操场里的

现在对我展现迷人的锋利

作用在肺腑，影子、脚步、叶片

糖纸、笔盖、粉饼、纽扣、冰块、电池和乌云

竟残暴酷烈如我刚来的时候

还没让你闭上眼睛

再建一个操场这么贵

再建一个操场绝无可能

我只好听之任之，孔雀河穿过胸口

并不显著，你做的拉条子

比无花果树更不可思议

火树银花，昏昏欲睡，河面上

行走的是昔日的所有人

你看到谁去过班固说的近海吗

五

故事最后,在火车站(冥顽不灵的东西)

大红撒花明绸面儿的婴儿枕

是嘹亮之物

失去联络这么久

梅姨跟怀安,甲和乙,小木船和磕头虫

母亲,母亲最小也最漂亮的妹妹

真的很热闹啊,庆大霉素

你是怎么知道的

一墙之隔,好的东西会共振

从桃林里走过,让人心慌的颜色

染红面颊,梅姨脸上却没有丝毫羞怯

你真的认识她对不对

据说桃花有益于止痛

照壁上镂空的图案

屋檐下的鸟兽虫鱼

青豆一般大小的桃子

董家冒青烟的祖坟

钻进了谁的心脏你知道吗

怎么用罐头盒逮鱼你告诉我

狗蹄子花做的花环可以管多久

浑身长满绿毛的恶魔

究竟在哪里

谁是害人精

失去联络这么久

我知道你还活着,之前,我也是懂得恐惧的人

但又不是那么懂,你说

"巨大的恐惧就像这阴郁的天空

铺天盖地地袭向我"

很多事情想不起来了,你说

"这结论让我悲伤不已"

扭动

她眼里有我无法接触到的知识
深夜咳嗽,阿莫西林是谁塞进抽屉的
她从我这儿带走的温度何其少
低头看着刚出生的一片水洼,竹林中
的飞碟、镜子和去向贪玩成性
将她推至我未料到的此刻
女儿五岁很快六岁,不真实的感觉变得更大了
堆积在我头顶,如一些史前的岛屿
正在准备她要跟我说的话
炫耀实乃必经之路,她忍受我
用炽热的疲惫重新装修房子

站台

一晃十年,谁在晃? 鱼刺在喉
跟在手里相比,白色不见了,柔嫩的
品性也不见了,你与周围相排斥,如液晶屏
过街通道和连衣裙组织的星期六,你不必发光
亦不属于这里,天上,地下,左邻,右舍,以及
狼狈
跑到语言里,如你跳进我怀中,喜悦——肆无忌惮
的执法者
对好不容易记住的雪消耗极其严重
什么在蜕变,又凋零? 熟知以往的神经
在朋友的牙龈内燃起熊熊大火
结冰的路面最难受,在其日渐蓬勃的问询里
我是一个弊端,野桃花做的上帝那肿胀的心灵
给我一把灰,让我抹在你胸口
血管纤细、爆裂,形成桃花纹,真的有
主宰结局的穴位吗? 叹气般的愿望展开时
皮肤和皮肤之间做梦的是一片碧绿——单纯的起源
与经过,唱歌,榆树杨树光秃秃,粉蒸排骨

散发象棋的味道,那拳头,那早晨
竟没在计划里,计划里,自我会分散
朝转动太阳的奴仆投诚,漫无目的的木马
并非事实,来,你问我,非洲的猫多
还是美洲的猫多,猫曾是我们的储备

矢状缝

空心菜往水里伸得长或短,无碍其表达
对从前混沌的理解,滚烫的机油在田野里
不垂直于任何东西,不连接,亦不分隔
同学携带未彻底闭合的缝隙来访
自成一个系统,五月完整的样子
落在她努力攀登的时刻
稚弱液体中那亿万神经元与神经细胞
诱使她反复改动自己的牌型
叫不出名字的鸟
鸣于黄连树,黄连叶似的器官
以她颤抖的规则为食

2024

烟火

当时那些山还活着,夕阳雄健
将脏腑暴露给我们
你给我一个耳机,里面升起烟火
是否触动什么,失去以后又如何,一个人
走在军垦大道、南陈路、西善长巷
始终怀揣那瓶红花油
另一个人
靠在琐碎的光影之中,亮点无穷尽
漂洗藤蔓、白昼与白昼的雕刻
春日总会变萧瑟,与我们
还能有所呼应吗?

毛刺

今天的太阳照不到
谷堆发芽那个月了,那片丘陵的重量和毛刺
正穿过我,在我不知如何区分侵略战争
与足球比赛的额头上涌动,永远
硕果累累于知觉的补充多么浅薄,猫的视野
不是我的但我至少从房间的气味里发现了
那种隔阂,女士,你说,舞蹈和话语
是怎么产生的呢? 变胖了的
那些缝隙
曾注视我
在山腰劳动,山腰,死去的1995年的一部分

一个说明

2002年，由楚尘策划、本人主编的"年代诗丛"第一辑出版，2003年出版了"年代诗丛"第二辑，两辑共二十本。"年代诗丛"一经出版，迅速成为当年诗歌丛书有口皆碑的品牌，就诗歌写作而言，亦标榜了必要的专业性标准。时至今日，入选的诗人大多已成为汉语诗歌写作中名副其实的中坚力量，如杨黎、柏桦、翟永明、何小竹、于小韦、吉木狼格、小安、杨键、蓝蓝、伊沙、刘立杆、小海。但由于种种原因，"年代诗丛"的出版未能延续，当年的盛举已逐渐化为一个遥远而美丽的传说。

感谢江苏凤凰文艺出版社，有如此魅力和信心重启"年代诗丛"。二十年过去了，今天的出版环境已不同于当年，诗集出版量剧增，某些情形下甚至有泛滥漫溢的倾向，喧哗骚动中更显出了自觉写作者的被动、孤寂。选编"年代诗丛"第三辑（重启卷）的目的一如既往，即是要将其中最优异且隐而未显的诗人加以挖掘，呈现给敏感而热情的诗歌读者。这应该也是编者和出版者共同意识到的责任。

因此我们的选择无关诗人的年龄、知名度,要求的仅仅是写得足够优异以及具有独创性的新一代诗人,特别是其中对读者而言较为生疏的面孔。"年代诗丛"也因此寻觅到一个新的开端,是为"重启"。希望下面还会有"年代诗丛"第四辑、第五辑……

以上文字并非后记,只是一个必要的说明。

韩　东

2023.9.17